我是小孩，
我有權利
保護地球
J'ai le droit de
sauver ma planète

我是小孩，我有權利保護地球

文／阿朗‧賽赫
Alain Serres

圖／奧黑莉婭‧馮媞
Aurélia Fronty

譯／尉遲秀

在這裡，什麼都是免費的！太陽和傾瀉而下的陽光是免費的，
鳥叫、樹影和金黃色的蒲公英……，都是免費的。
這裡不像在商店，要花那麼多錢！

在大自然裡，
我有權利享有一切。

那麼空氣呢？
是屬於每一個人，是屬於草原的！

那麼青草呢？
是讓乳牛盡情享用的！

那麼乳牛的糞便呢？

是送給所有蒼蠅的禮物！

我們來到世界的時候，
世界送了我們一份大禮：
鳥兒、樹木、各種哺乳動物、
珊瑚、微型生物、
花朵、昆蟲、魚兒、
細菌、蕈菇……
有超過一千萬種物種
跟我們一起住在地球上。

而且，每一天我們都會發現
五十種新的物種！
像是在新幾內亞的森林裡，
研究人員就發現了
一種小小的青蛙，
鼻子長長的，還會動呢。
他們把牠命名為*皮諾丘樹蛙*！

我有權利笑著大喊：
「生物多樣性萬歲！」

但是記得別太大聲，
才不會吵醒
牠的寶寶……

11

快呀！人類，醒醒吧！
科學家警告我們，
如果我們繼續粗暴的對待大自然，
很多物種都會消失。
其實，很多物種已經消失了。

我有權利知道，在婆羅洲，
人們為了種植棕櫚樹
而摧毀了森林。
從棕櫚果實提取的油脂，
會被拿來做餅乾、抹醬或沐浴乳……，
可以賺很多錢。

我有權利知道，
人類砍伐這些樹木是危險的行為，
因為大型猿猴的棲息地會變得愈來愈少。

像紅毛猩猩，
就有可能永遠消失，
因為牠們的「家」和食物都被人類奪走了。

我有權利說：
「就算這些餅乾裡面夾的是巧克力，
我也不想要！」

那些每天都在觀察大自然的科學家
提醒我們，
有一百萬種植物和動物
很可能就這樣在地球上滅絕。

從蘇門答臘虎到阿爾卑斯羱羊，
從肯亞白蘭花到西印度海牛。

科學家還告訴我們，
每一個物種都需要別的物種才能生存。

如果有一種植物消失了，
依靠它的花朵維生的昆蟲也會跟著消失，
接著消失的，是以那些昆蟲做為食物的青蛙，
然後，說不定，那些吃青蛙蛋的魚也會消失。

這條長長的生命鏈環繞著世界，
千萬不能讓它斷掉。

因為我知道這一切，所以我有權利展開行動。

我有權利
多種一些蜜蜂喜歡的植物。

我有權利
為昆蟲和鳥兒
搭建安全的庇護所。

我有權利
和我的好朋友一起畫
保護棱皮龜的海報。

我有權利
寄一封我們全家人一起簽署的請願書
給全世界的女總統和男總統。

我也有權利
跟我的父母一起去示威遊行。

我有權利做這些事，
因為我是兒童！
而這些都寫在《國際兒童權利公約》裡。

而且
更重要的是，
因為我熱愛生命！

水，是生命的起源，
也是生命不可缺少的要素。
湖泊、江河、海洋、雲、
雨和地下的河流，
集合起來就像一顆巨大的水滴。

從我們的星球形成以來，
不分人類、植物，或動物，
水就是我們共同的寶藏。

不會有新的水滴
從別的星球跑過來，
就算是非常非常小的
小水滴也不會。

保護這些水，
是我們人類的責任。
我們知道，
地球上的鹹水確實很充裕，
但是可以拿來喝的淡水卻很少。

我們知道，
如何不污染，
如何不浪費世界上
最珍貴的飲料。

就算我很窮，我也有權利喝水。
就算我是沙漠裡的小孩，
我也有權利讓遠方與我團結一致的鄰居，
伸出援手，幫助我找到
我非常缺乏的飲用水。

我呢，可以為他們說說，
那些石頭和沙鼠在乾旱寂靜的沙漠裡，
說給我聽的精采故事。

我的故事可以在夏天講，
在水邊，在水量豐沛的國家。
我和我的鄰居同在一起，即便相隔一萬公里，
我們還是可以夢想，有那麼一天，地球會得到拯救。

因為地球會被好好保護，
好好分享。

「噢不！不可以這樣！」
如果我的父母把塑膠瓶丟進溪流裡，
我有權利大聲責怪他們，
因為那個瓶子永遠不會消失。

不論是在小溪、大河，
還是港口的潮水中，
或在無邊無際的海洋裡，
塑膠瓶都不會消失。

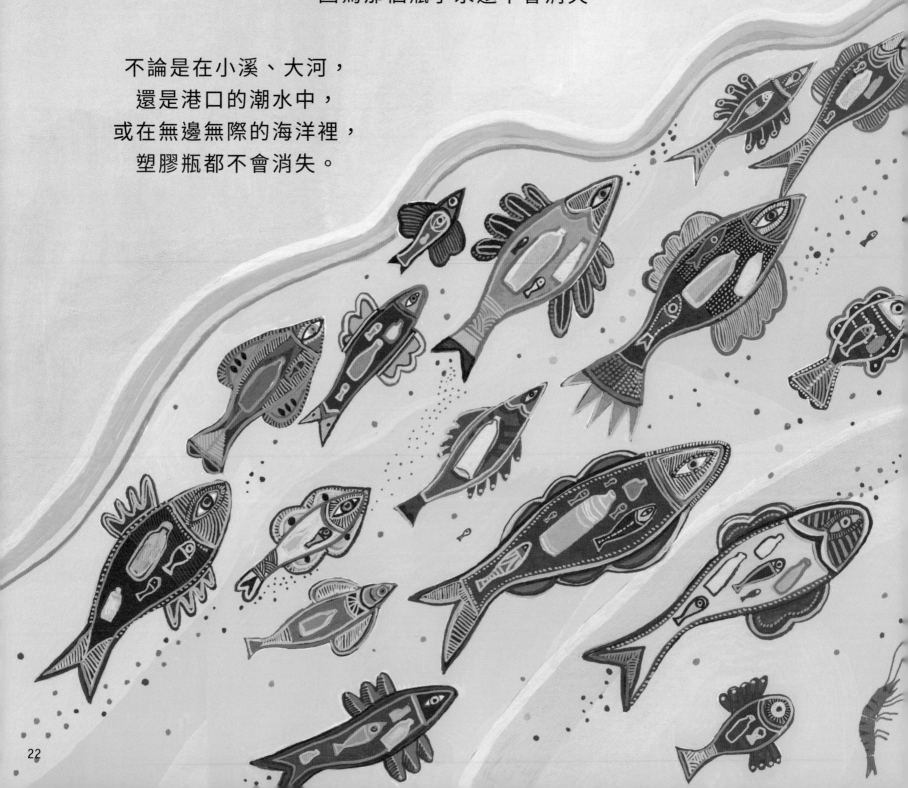

22

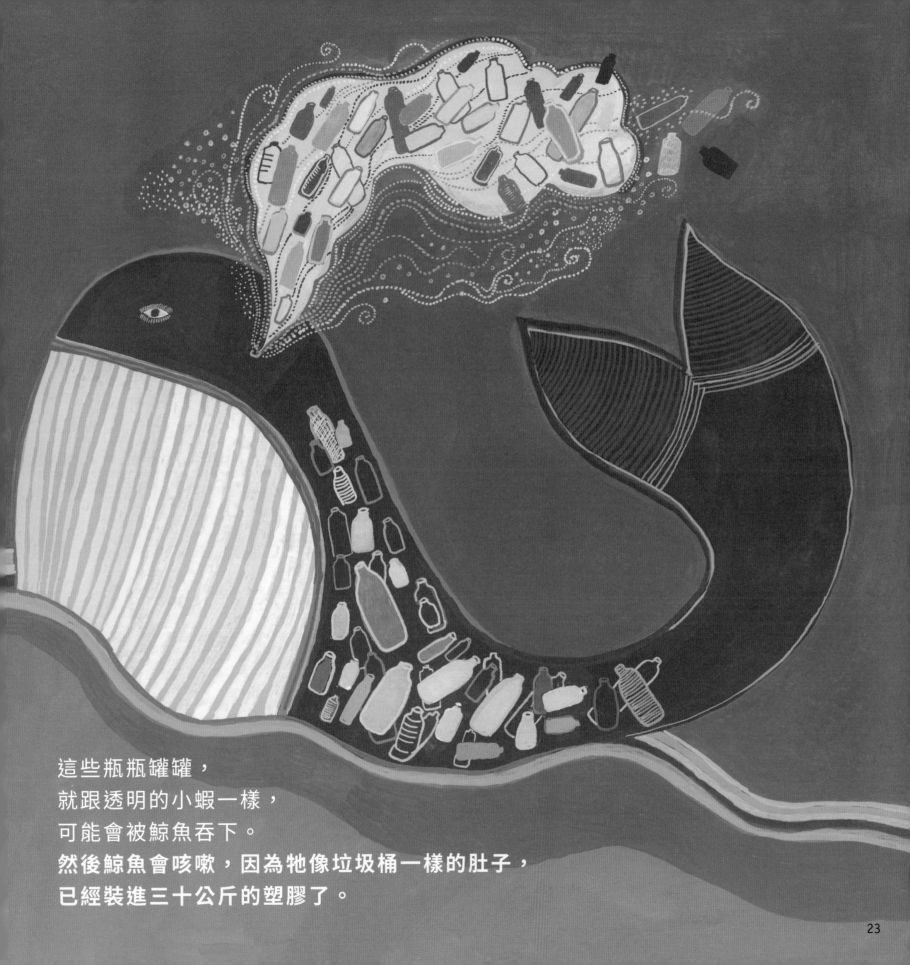

這些瓶瓶罐罐，
就跟透明的小蝦一樣，
可能會被鯨魚吞下。
然後鯨魚會咳嗽，因為牠像垃圾桶一樣的肚子，
已經裝進三十公斤的塑膠了。

我也有權利決定：
跟家人去購物的時候，盡量少買塑膠做的東西。
在超市的時候，要選擇對大自然最乾淨的包裝。

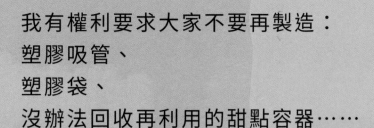

我有權利要求大家不要再製造：
塑膠吸管、
塑膠袋、
沒辦法回收再利用的甜點容器……

我也有權利想像，
一臺可以生產「花朵膠」的機器。
花朵膠就跟塑膠一樣，
只是它是用花朵做的！
當我們把它丟棄的時候，
它會變成很好的土壤，
可以長出一朵朵新鮮的花。

想像力萬歲！
獻給全世界兒童的「花朵膠」玩具萬歲！

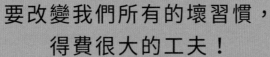

要改變我們所有的壞習慣，
得費很大的工夫！

為了補充體力，
我必須吃蘋果、
紅蘿蔔和豌豆。
可是我有權利，
選擇那些
不使用農藥
和化學肥料
種植的水果和蔬菜。

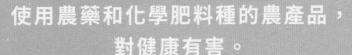

使用農藥和化學肥料種的農產品，
對健康有害。

這些化學製劑
對人類和動物都有害。
一旦雨水和河水
將它沖刷出來，
就連海洋裡的魚
也會吸收到。

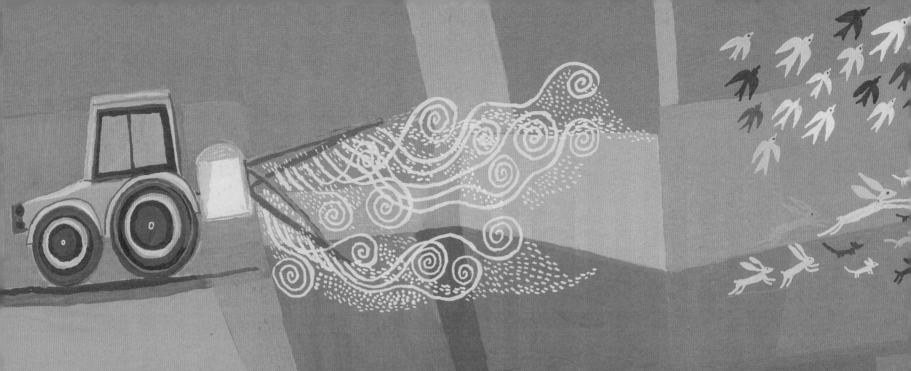

可是我有權利相信，
在不久的將來，
農人不會再使用這些化學製劑，
他們會選擇其他技術，
用更好的方法種植農作物。

到時候，
疾病將會消失，
大地會恢復生機。

我也有權利期待
人類會去學習，
就從明天開始，
學著分享每一粒米的能量，
和每顆西瓜帶來的笑容。
地球上再也沒有任何小孩，
必須忍受飢餓的痛苦。

當我看著天空和太陽的時候，
我會問自己一些問題。

我會問自己：
為什麼這個星球的天氣愈來愈熱？
為什麼到處都有森林大火？
為什麼北極熊腳下的冰塊會融化？

為什麼有時候卻相反？
為什麼雨會下得這麼多？
讓房屋被洪水沖走，
讓土地被河流淹沒。

我有權利知道真相：
不是因為天空或太陽昏了頭，
而是因為人類！

我們知道這種氣候的亂象，
是因為地球上有愈來愈多的工廠、汽車、貨車和飛機。
我們消耗石油讓發動機運轉，同時也製造了二氧化碳。
這種氣體非常少量的時候是無毒的。

但是，如果超過限度，
二氧化碳就會變得危險，對所有生物造成威脅。
而且，二氧化碳會把太陽發散的熱，
留在地球的周圍，這麼一來，
我們就像被關在一個巨大的溫室裡。

幸運的是，
樹木的葉子會吸收很多二氧化碳！

讓森林消失真是太愚蠢了！

33

噢！就在今天早上，
我想到一個很棒的主意！
如果有一天，世界上所有的小孩
在放學的時候，
都扮成北極熊？！
對，所有的小孩，臺灣的、南非的、
阿根廷的、法國的、澳洲的……

到處都是熊，甚至男老師、女老師
也都扮成生氣的熊，
對人類傷害地球的這種行為表達抗議。

然後所有人一起大聲喊：

吼～～～～～

說不定，
每個人類都會聽到我們的聲音。

說不定，
所有在高速公路上塞車受困的人，
以後會改搭火車。
一列火車排放的二氧化碳
比一千輛汽車少。

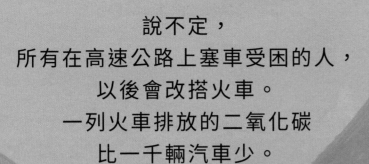

說不定，
那些摧毀森林的大王，
會變成園丁，
照顧新栽種的植物。

也說不定，會有一個小孩，
大膽的發明了「零碳排」的飛機，
只要靠太陽能和風就可以飛行。
這架飛機全部是紙做的，
想要旅行的時候，把自己畫在裡面就可以了……

我甚至有權利夢想，
這個拯救地球的兒童發明家，
就是我！

但是，可別指望我會成為
保護世界生態的超級英雄！
每個人都要盡一份自己的小小心力！

如果世界上的三十億個男孩和女孩，
可以想出三十億個好方法，
地球就會一天比一天更美麗！

但請注意！為了好好照顧地球，
兒童不應該生活在悲慘的環境裡。
兒童應該健健康康、可以去上學、
受到尊重，而且有人願意聽他說話！
不然，他們只會想到自己的不幸。

為了活得更幸福，
世界各地的兒童都擁有一份
屬於他們的《國際兒童權利公約》。

《公約》是為了保護兒童，
不讓任何可能毀壞他們生活的事物傷害他們。
這有點像羽毛，可以保護鳥兒
不被雨水淋濕。

簽署《公約》的時候，幾乎
全世界的女總統和男總統
都公開表示：
「兒童的最大利益應該永遠受到尊重。
一切都應該以兒童的最大利益為首要考慮。」

我有權利對他們說：
「那麼，你們也必須尊重兒童
美好的家園——地球！」

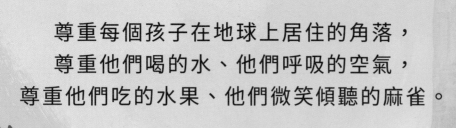

尊重每個孩子在地球上居住的角落，
尊重他們喝的水、他們呼吸的空氣，
尊重他們吃的水果、他們微笑傾聽的麻雀。

尊重他們的風景、
他們的河流、他們的海洋，
甚至那些他們永遠接觸不到的地方。
就算距離遙遠，
這些地方也都是他們的。

尊重他們的大家庭——所有人類，
尊重他們無數的兄弟姊妹——所有植物和動物，
不論是巨大的，還是小到幾乎看不見的。

這就是送給每個小地球人的最美好的禮物。

但願人類照顧我們的星球，
可以像照顧自己的孩子一樣細心。

關於作者｜ **阿朗・賽赫** Alain Serres

一九五六年出生於法國。曾任幼兒園教師，因為孩子們給他的靈感，為孩子創作的作品已超過一百冊。他也是本書原出版社 Rue du Monde 的創辦人，他希望出版更多讓孩子能質疑和啟發想像力的書。

關於繪者｜ **奧黑莉婭・馮媞** Aurélia Fronty

一九七三年出生於法國，巴黎 Duperré 藝術學院畢業，曾任時尚圈的插畫設計家，已出版超過四十冊作品，因常於非洲、亞洲和中南美洲旅行，作品色彩鮮豔大膽，充滿熱情。

關於譯者｜ **尉遲秀**

一九六八年生於臺北，曾任記者、出版社主編、政府駐外人員，現專事翻譯，兼任輔大法文系助理教授。二十歲開始參與反核運動，長期關注性別平權運動，於二〇一七年與一群家長共同創辦「多元教育家長協會」，推動性平、法治、環境、勞動等多元領域的人權教育。

Thinking058

我是小孩，我有權利保護地球
J'ai le droit de sauver ma planète

作者／阿朗・賽赫 Alain Serres
繪者／奧黑莉婭・馮媞 Aurélia Fronty
譯者／尉遲秀

字畝文化創意有限公司
社長兼總編輯／馮季眉
責任編輯／戴鈺娟
主　　編／許雅筑、鄭倖伃
編　　輯／陳心方、李培如
美術設計／郭芷嫣

出　　版／字畝文化／遠足文化事業股份有限公司
發　　行／遠足文化事業股份有限公司（讀書共和國出版集團）
地　　址／231新北市新店區民權路108-2號9樓
電　　話／(02)2218-1417
傳　　真／(02)8667-1065
客服信箱／service@bookrep.com.tw
網路書店／www.bookrep.com.tw
團體訂購請洽業務部 (02) 2218-1417 分機1124

法律顧問／華洋法律事務所　蘇文生律師
印　　製／中原造像股份有限公司
2020年9月　初版一刷　2023年11月　初版四刷
定價／350元　書號／XBTH0057　ISBN　978-986-5505-34-9